잠 잠 이

Leo Lionni
FREDERICK
© Abelard-Schuman, UK 1971

Translated by LEE Young-Hee
© Benedict Press, Waegwan, Korea 1980

잠잠이
1980년 2월 초판 | 2007년 7월 12쇄
옮긴이 · 이영희 | 펴낸이 · 이형우
ⓒ 분도출판사
등록 · 1962년 5월 7일 라15호
718-806 경북 칠곡군 왜관읍 왜관리 134의 1
왜관 본사 · 전화 054-970-2400 · 팩스 054-971-0179
서울 지사 · 전화 02-2266-3605 · 팩스 02-2271-3605
www.bundobook.co.kr
ISBN 89-419-7222-1 04840
값 5,000원

잠 잠 이

레오 리오니 지음
이 영 희 옮김

분 도 출 판 사

풀밭이 있었습니다.
젖소가 풀을 뜯고 있었습니다.
말도 뛰놀고 있었습니다.
풀밭 따라 해묵은 돌담이 이어져 있었습니다.

돌담 안에는 수다스러운 들쥐네 식구들이 살고 있었지요.
바로 이웃에 곳간도 있었지요.

그러던 어느 날,
주인 농부가 이사를 가고 말았답니다.
곳간도 텅 비고 말았답니다.
겨울이 멀지 않았어요.
작은 쥐들은
콩이랑 열매, 밀이랑 짚을 모으기 시작했어요.
모두들 밤낮없이 일했습니다.
'잠잠이' 만 빼고는 —

"'잠잠이', 너는 왜 일 안하니?"
그들이 물었습니다.
"나도 일하고 있어."
'잠잠이'는 대답했습니다.
"춥고 어두운 겨울날을 위해 햇빛을 모으고 있는 중이란다."

언젠가는, 풀밭을 노려보며 앉아 있는 '잠잠이'에게
작은 쥐들이 물었습니다. "대체 뭘 하는 거니?"
"빛깔을 모으는 거야." '잠잠이'는 짤막하게 대답했습니다.
"겨울은 잿빛이니까."

또 때로는, 반쯤 눈감은 듯이 보였습니다.

“너 졸고 있구나.”
그들은 나무라듯이 캐물었습니다.
그러자 ‘잠잠이’는 고개 저었어요.
“아아니, 말을 모으고 있는 거야.
길고 긴 겨울철,
얘깃거리마저 없어지는 날을 위해 …”

겨울이 닥쳤습니다.
그리고 첫눈이 내렸습니다.
작은 들쥐 다섯 마리는
돌담 안 그들의 집으로
꼭꼭 숨었어요.

처음 얼마 동안에는 먹을 것이 흔했습니다.
쥐들은 어리석은 여우나
바보 고양이에 대해
이야기꽃을 피웠습니다.
그들은 행복했습니다.

그러다가 양식은 차츰 동이 났어요.
열매랑 딸기랑은 바닥이 나고
짚마저도 별로 없었어요.
그리고 콩은 오직 기억에만 남고요.
집안은 썰렁하고, 이제
수다를 떠는 이는
아무도 없었지요.

그때 문득 그들은
머리에 떠오르는 것이 있었습니다.
햇빛과 빛깔을 모은다던
'잠잠이'의 대답이었습니다.
"네가 모은다던 건
어떻게 되었니?"
그들은 비로소
궁금해하였습니다.

“눈 감으라구.” 커다란 돌멩이 위로 올라서며
‘잠잠이’는 말했습니다.
“자, 너희들에게 햇빛을 보내 주마.
얼마나 눈부신 햇살인지 알겠니?”
‘잠잠이’가 해님 이야기를 꺼내자
작은 쥐들 네 마리는 언뜻
따스함을 느꼈습니다.
‘잠잠이’가 글쎄
요술을 부렸을까요?

“빛깔도 모았었잖아.” 그들은 따졌습니다.
“다시 눈 감아.” ‘잠잠이’가 말했습니다.
새파란 넝쿨꽃이며 빨간 양귀비,
노란 밀 이삭과 짙푸른 딸기 잎,
이런 얘기가 시작되자, 그들은
일찍이 마음에 그려져 있던
그 빛깔들을 아주 뚜렷이
볼 수가 있었습니다.

"그럼 말은?"
'잠잠이'는 목청을 가다듬었어요.
그러고는 잠시 뜸을 들인 다음
무대에나 선 이처럼
읊었어요.

눈송이 뿌리는 이 누구일까요
얼음을 녹이는 이 누구일까요
궂은 날씨 만드는 이 누구일까요
좋은 날씨 만드는 이 누구일까요

유월이 오며는 네잎 클로버
무럭무럭 가꾸는 이 누구일까요
한낮을 한밤으로 저물게 하여
달빛을 밝히는 이 누구일까요

'잠잠이'가 다 읊고 나자,

하늘에 살고 있는 들쥐 네 마리
너처럼 나처럼 … 들쥐 네 마리

맨 처음 봄 쥐는 빗물에 흠뻑
그 다음 여름 쥐는 꽃으로 단장
그리고 가을 쥐는 호도 밀 듬뿍
마지막 겨울 쥐는 네 발이 꽁꽁

한 해가 네 철이니 좋지 않아요
세 철? 다섯 철? … 이유 안 돼요

모두들 박수를 쳤습니다. "야, 너는 시인이구나!"

'잠잠이'는 얼굴을 붉히며 절을 했습니다.
그리고 수줍은 듯이 말했습니다.
"나도 알고 있어."

Frederick

Leo Lionni

4 All along the meadow where the cows grazed
and the horses ran, there was an old stone wall.

6 In that wall, not far from the barn and the
granary, a chatty family of field mice had
their home.

8 But the farmers had moved away, the barn
was abandoned, and the granary stood empty.
And since winter was not far off, the little mice
began to gather corn and nuts and wheat and
straw. They all worked day and night.
All—except Frederick.

10 "Frederick, why don't you work?" they asked.

"I *do* work," said Frederick. "I gather sun rays
for the cold dark winter days."

12 And when they saw Frederick sitting there,
staring at the meadow, they said, "And now,
Frederick?"
"I gather colours," answered Frederick simply.
"For winter is grey."

14 And once Frederick seemed half asleep.

15 "Are you dreaming, Frederick?" they asked
reproachfully. But Frederick said, "Oh no,
I am gathering words. For the winter days are
long and many, and we'll run out of things
to say."

16 The winter days came, and when the first snow
fell   the five little field mice took to their
hideout in the stones.

18 In the beginning there was lots to eat, and the
mice told stories of foolish foxes and silly cats.
They were a happy family.

20 But little by little they had nibbled up most of
the nuts and berries, the straw was gone,
and the corn was only a memory. It was cold

in the wall and no one felt like chatting.

22 Then they remembered what Frederick had
said about sun rays and colours and words.
"What about *your* supplies, Frederick?"
they asked.

24 "Close your eyes," said Frederick, as he
climbed on a big stone. "Now I send you
the rays of the sun.   Do you feel how their
golden glow . . ."
And as Frederick spoke of the sun
the four little mice began to feel warmer.
Was it Frederick's voice?
Was it magic?

26 "And how about the colours, Frederick?"
they asked anxiously. "Close your eyes again,"
Frederick said. And when he told them of
the blue periwinkles, the red poppies in the
yellow wheat, and the green leaves of the
berry bush, they saw the colours as clearly
as if they had been painted in their minds.

28 "And the words, Frederick?"
Frederick cleared his throat, waited a moment,
and then,   as if from a stage, he said:

"Who scatters snowflakes? Who melts the ice?
  Who spoils the weather? Who makes it nice?
  Who grows the four-leaf clovers in June?
  Who dims the daylight? Who lights the moon?

29 Four little field mice who live in the sky.
  Four little field mice . . . like you and I.

  One is the Springmouse who turns on the showers.
  Then comes the Summer who paints in the flowers.
  The Autumn is next with walnuts and wheat.
  And Winter is last . . . with little cold feet.

  Aren't we lucky the seasons are four?
  Think of a year with one less . . . or one more!"

When Frederick had finished, they all applauded.
"But Frederick," they said, "you are a poet!"
30 Frederick blushed, took a bow, and said shyly,
"I know it."